Y 4. 5660
AF465578
Yf 6745

Y2. 5660

Yf 6745

# VARON,

# TRAGEDIE.

Par M. le Vicomte de Grave Capitaine au Régiment de C...

*Représentée pour la premiere fois par les Comédiens François Ordinaires du Roi, le 20 Décembre 1751.*

Le prix est de 30 sols.

A PARIS,

Chez DUCHENE Libraire, rue S. Jacques au-dessous de la Fontaine Saint Benoît, au Temple du Goût.

M. DCC. LII.

*Avec Approbation & Privilége du Roi.*

## *ACTEURS.*

SOSTRATE, Roi de Syracuse. M. LE KINT.

VARON, ancien Tyran de Syracuse. M. SARASIN.

ZORAIDE. Mlle CLAIRON.

PHARE'S, Confident de Sostrate. M. LE GRAND.

EURIBAN, Confident de Varon. M. DUBOIS.

EURICLE'S, un des Chefs de la conjuration. M. BONNEVAL.

PALMIRE, Confidente de Zoraïde. Mlle LAVOI.

Gardes.

*La Scene est à Syracuse Ville de Sicile.*

# VARON, TRAGEDIE.

## ACTE PREMIER.

### SCENE PREMIERE.

SOSTRATE, PHARÈS.

SOSTRATE.

LAISSE agir ma clémence ; un Prince magnanime
N'a jamais confondu l'innocence & le crime ;
Et je ne dois rougir que de la cruauté
Qui fermoit mon oreille aux cris de l'équité.

Qui moi, dans les horreurs d'une prison cruelle,
J'ai pû faire gemir une Auguste Mortelle ?
Hé, qu'importe, Pharès, qu'un coupable assassin,
Qu'un monstre ait donné l'être à cet objet divin,
Si du sang que poursuit ma vengeance obstinée,
Cet objet épura la source empoisonnée!

PHARE'S.

Je ne condamne point ces nobles sentimens;
Seigneur, heureux les Rois qui dans leurs châtimens,
Etendent comme vous une main équitable,
Et sçavent séparer l'innocent du coupable!
Varon est un barbare, il mérite la mort;
Sa fille est vertueuse, on doit plaindre son sort.
Mais, Seigneur c'est assez que de rompre sa chaîne,
Votre cœur devant elle a dépouillé la haine:
N'étendez pas plus loin l'effet de la pitié.
Quel seroit votre espoir ? Auriez-vous oublié
Que du trône sanglant, qu'occupoient vos ancêtres,
Son pere a renversé le meilleur de nos Maîtres,
Et que dans le tombeau de ce Roi vertueux
Le fer précipita trois jeunes malheureux ?
Hélas! je me flattois qu'aux rigueurs du supplice
Le Ciel auroit du moins arraché Cléonice,
Et qu'un jour, dans ces murs, témoins de ses malheurs,
L'Hymen avec vos droits confondroit vos douleurs.

Mais, Seigneur, le Tyran n'épargna son enfance,
Qu'autant qu'il crut par elle affermir sa puissance.
Le Barbare vouloit, par des nœuds solemnels,
Rendre un jour, de son fils, les titres plus réels.
A peine il fut privé d'une tête si chère,
Qu'il livra Cléonice aux traits de sa colère.
Ce bourreau l'immola. Jugez si vos bontés
Doivent être le prix de tant de cruautés?
Ah! loin de consoler une aimable captive,
Souffrez qu'elle abandonne une funeste rive;
Où sa vertu, baissant un front humilié,
Ne voit que le mépris où son sort est lié.

SOSTRATE.

Quoi, Pharès! il faudra qu'une fuite barbare
L'enleve à Syracuse, & qu'elle nous sépare!
Tu vois mon désespoir. Je ne puis le cacher:
Dans le sein d'un ami je veux bien l'épancher.
J'adore Zoraïde. Hé quel cœur si sauvage,
Eût pû s'armer contre elle ou conserver sa rage!
Je me rappelle encor ces momens pleins d'horreur,
Cette nuit, qu'au trépas consacra ma fureur;
Où je crus que d'accord avec ma vigilance,
Le sommeil livreroit un traître à ma vengeance.
Inutiles projets! Instruit de son danger,
Varon trompa la main qui devoit l'égorger.
La fuite à mes transports déroba la Victime;
Je parcourus ces lieux habités par le crime:

J'apperçus Zoraïde. Ah! Pharès, quel instant!
Mon bras, entre la rage & le respect flo lant,
Ne sçavoit que resoudre en ce moment terrible;
L'aimable Zoraïde, à la mort insensible,
Rendoit son ennemi d'autant plus incertain,
Qu'au poignard sans murmure elle tendoit le sein.
Le respect l'emporta: mon courroux, moins sévère,
L'envoya dans les fers achever sa misère.
J'ai depuis de son sort adouci la rigueur:
Je l'ai dû pour calmer le trouble de mon cœur.
Le Ciel, pendant trois ans qu'elle fut opprimée,
N'a répandu qu'horreur dans mon ame allarmée;
Ma vertu se lassoit de nourrir ce poison,
Je crus qu'en arrachant du sein de sa prison
La Beauté qu'accabloient les loix de la vengeance,
J'appaiserois ce trouble armé pour sa défense.
Je ne me trompois point. A peine ses beaux yeux
Revirent parmi nous la lumiere des Cieux,
Mon allarme cessa. Leur éclat adorable
Me rendit cette paix aux grandeurs préférable:
Ou plûtôt je sentis qu'un pouvoir enchanteur
Vengeoit la cruauté de leur persécuteur.

PHARE'S.

Vous devez méconnoitre une injuste puissance.
Etouffez cet amour nourri sans espérance.
Vous êtes vertueux, & je ne puis songer.....

SOSTRATE.

Que dis-tu ? quel soupçon ! garde toi d'outrager
Un cœur, malgré ses feux, jaloux de sa mémoire.
Je connois les devoirs où m'engage la gloire.
Je sçai que Zoraïde est fille de Varon,
Et qu'il faut soupirer & me taire à ce nom.
Je ne veux que la voir, qu'en essuyer les larmes;
Je puis sans espérance en adorer les charmes.
Souffre que j'adoucisse un ennui si profond.
Un caractere auguste est gravé sur son front.
Peins toi ce front aimable & cette modestie,
Ce respect pour la main sur elle appesantie.
Cher Pharès, quel mélange, & comment concevoir
Qu'un Monstre, qui forma le projet le plus noir,
Qui marqua sa fureur d'un lâche parricide,
Qui bravant le lieu même où la foudre réside;
Jusqu'en son sanctuaire osa faire égorger
Des Prêtres dont le zèle avoit pû l'outrager,
Qui libre des remords dont notre ame est atteinte,
A banni de la sienne & l'espoir & la crainte;
Oui, comment concevoir qu'à ce Monstre odieux,
Nous devions un objet si ressemblant aux Dieux?

PHARE'S.

Vous me voyez frappé d'un effet si bisarre;
Mais, pour être étonnant, il n'en est pas plus rare:
Et l'on voit chaque jour, par un prodige heureux,
D'un pere criminel naître un fils vertueux.

Loin d'en vouloir chercher la cause impénétrable,
Ne songez qu'à détruire un penchant redoutable ;
Et qu'à mettre l'objet de ce fatal pouvoir,
En état dès ce jour de ne vous plus revoir.

SOSTRATE.

Ah ! quelle est ta rigueur, & que m'oses-tu dire ?
Qui moi, que de ma Cour.... Mais que nous veut Palmire ?

---

## SCENE II.

SOSTRATE, PHARE'S, PALMIRE.

PALMIRE.

Zoraïde, un instant, peut-elle sans effroi
Se prosterner, Seigneur, aux genoux de son Roi ?

SOSTRATE.

L'aimable Zoraïde à mes pieds prosternée !
Qu'entens-je ? Mes égards pour cette Infortunée,
Ne lui prouvent-ils pas que sans rien redouter
Ses innocens attraits peuvent se présenter ?
Qu'à toute heure, en tous lieux je suis prêt à l'entendre ?
Vous pouvez l'en instruire, allez.

## SCENE III.

SOSTRATE, PHARE'S, GARDES.

SOSTRATE.

Quel parti prendre ?
Je prévois son dessein, me rendrois-je à ses pleurs?
Cher ami, quels combats ! excuse mes douleurs.
Tu vas voir si ma crainte est injuste ou fondée ;
Si l'objet, dont l'Amour m'offre partout l'idée ;
Doit inspirer ce trouble à mon cœur abbatu !

PHARE'S.

Il est tems que ce cœur rappelle sa vertu :
Zoraïde paroît.

## SCENE IV.

SOSTRATE, ZORAIDE, PHARE'S, PALMIRE, GARDES.

ZORAIDE.

Une triste captive,
Que l'opprobre a dû rendre incertaine & craintive,
Pourra donc de son Maître embrasser les genoux ?

SOSTRATE.

Ah ! Madame ! Prenez des ſoins dignes de vous.
Pour cet abaiſſement la vertu n'eſt point née ;
Et je benis cent fois l'heureuſe deſtinée
Qui remet à mon bras le ſoin de reparer
Les maux, où ma fureur avoit pû vous livrer.
Contemplez maintenant ce terrible Soſtrate ;
Voyez ſi dans ſes yeux la moindre haine éclate.
Levez ce front modeſte, il n'a point à rougir,
Et pour vous ſans remords ma bonté peut agir.
Quel deſſein vous conduit, vertueuſe Princeſſe ?

ZORAIDE.

Où ſuis-je ? quel langage ? Eſt-ce à moi qu'il s'adreſſe ?
Moi, fille de Varon proſcrit ſur ces remparts,
Moi, dont j'ai vû l'arrêt tracé dans vos regards,
Je puis vous inſpirer une pitié ſi tendre !
Dans mon étonnement je crains de me méprendre.
Quoi, Seigneur ! voulez-vous enchaîner, malgré moi,
Un courroux.... Non, le ſort m'impoſe une autre loi.
Je dois me ſouvenir qu'un funeſte ſalaire,
Livre au premier vengeur la tête de mon pere ?
Qu'en ce moment, peut-être, entouré d'aſſaſſins,
Varon finit par vous ſes malheureux deſtins.

Non que je vous reproche un soin qui vous ho-
nore.
Vous vengez des parens dont le sang fume encore.
Mais le même devoir qui paroît vous guider,
M'apprend qu'avec horreur je dois vous regarder
Et que de vos bienfaits le seul qui doit me plaire,
Est l'exil où je veux renfermer ma misere.
Ne le refusez point à mes desirs pressans,
Ou permettez, Seigneur, que mes cris impuissans
Soient encore étouffés dans cette Tour funeste,
Qui devoit de mes jours ensevelir le reste.

SOSTRATE.

Quel choix vous me laissez! Qu'il me paroît af-
freux!
Hé quoi! vous exigez qu'un Prince généreux
Laisse errer sur la terre, ou gémir dans les larmes,
Un objet, dont les Dieux ont respecté les charmes?
Non, je veux me regler sur ces Dieux bienfaisans;
Je veux calmer mon trouble & mes remords pres-
sans.
Je veux à ces regards, dont le pouvoir m'attire,
Devoir le nouvel être & le jour où j'aspire.
Près de vous, malgré moi, je me sens retenu.
Un Dieu, dont le pouvoir ne m'étoit pas connu,
Semble même prédire à ce cœur qu'il anime,
Que je vais m'appuyer d'un titre légitime.

Mais quoi! Vos yeux encor se remplissent de pleurs!
Cet aveu mettroit-il le comble à vos malheurs?
Hé bien, fuyez, Madame, & loin de ce rivage,
Dérobez-vous aux soins d'un odieux hommage.
Je vais, de ce départ, ordonner les aprêts:
Souffrez que leur éclat égale mes regrets;
Qu'il m'aide à reparer une injuste vengeance:
Jusques-là, jouissez d'une entiere puissance.
Libre dans ce Palais, daignez en écarter
Le premier, dont l'aspect pourra vous irriter.

*à Pharès.*

Vous, Pharès, que sa Garde ait soin de disparoître.
Si quelque audacieux condamnoit votre Maître;
Que la terreur apprenne à sa témérité,
Qu'on ne connoît ici de loix que l'équité.

---

## SCENE V.

ZORAIDE, PALMIRE.

PALMIRE.

Que de grandeur, Madame, & que votre courage,
Triomphe avec éclat d'un dangereux hommage!
Souffrez que j'applaudisse au dessein généreux,
Qui va vous arracher de ces bords malheureux.

Une vertu si rare eût mérité sans doute
Qu'on essuyât les pleurs que le devoir vous coûte.

ZORAIDE.

Ah ! que dis-tu, cruelle ? Epargne mes ennuis.
Cesse de me vanter, & vois mieux qui je suis.
Je ne veux pas du moins surprendre ta tendresse,
Et te paroître illustre avec tant de foiblesse.
Tu ne vois plus en moi cet objet vertueux,
Digne de ta pitié ni d'un sort plus heureux.
Les Dieux ont rejetté ta chere Zoraïde.
Son cœur, triste joüet d'une flâme perfide,
N'offre plus qu'un Autel, où ce coupable amour
Ose verser le sang qui me donna le jour.
Tu frémis, je le vois, je frémis plus encore;
Et si dans les replis de ce sein qui s'abhorre,
Je laisse à tes regards entrevoir mon erreur,
C'est pour en mieux connoître & mieux sentir l'horreur:
C'est pour mieux engager ton zele & ta prudence,
A m'arracher des bords où ce feu prit naissance,
Où ma gloire courroit d'autant plus de danger,
Que mon propre vainqueur daigne m'y protéger;
Qu'ainsi que dans son ame une voix criminelle,
Applaudit dans la mienne à cette ardeur rebelle
Et me dit que ce Roi, qui doit m'être odieux,
Ce Sostrate est l'Epoux que m'ont choisi les Dieux.

PALMIRE.

Quoi, Sostrate? Ah, qu'entens-je!

ZORAIDE.

Oui, ce Vainqueur funeste;
Ce fléau de mon sang, qu'il faut que je déteste,
Je l'adore, te dis-je, & loin que ma raison
Me serve à repousser ce dangereux poison,
Ce charme, dont mon cœur, trop foible & trop sensible,
Fut surpris à l'aspect d'un ennemi terrible,
Je sens même....

PALMIRE.

Arrêtez, & daignez renfermer
Le secret d'un amour qu'on ne peut que blâmer.
On vient.

---

## SCENE VI.

ZORAIDE, PALMIRE, EURIBAN.

EURIBAN.

Puis-je sans crainte, illustre Zoraïde,
Ouvrir sur votre sort une bouche timide?
Nul Mortel ne peut-il m'observer en ces lieux?

ZORAIDE.

Mes ſecrets n'ont ici de témoins que les Dieux.
Je ne ſuis plus réduite à dévorer mes larmes ;
Le Roi, qu'ont pénétré mes mortelles allarmes,
Me laiſſe dans ſa Cour auſſi libre que lui.
Parlez, cher Euriban, diſſipez mon ennui.
Les Dieux, dont j'éprouvois la vengeance ſévère ;
Se ſont-ils expliqués ſur le ſort de mon pere ?
Eſt-il encor vivant & ſçait-on en quels lieux....

EURIBAN.

Vos vœux ſont exaucés; rendez graces aux Dieux ;
Ils l'ont ſouſtrait aux coups d'une main meurtrière,

ZORAIDE.

Ce Prince infortuné voit encor la lumière ?
Hé, quels ſont les climats où je dois le chercher ?

EURIBAN.

Madame.... parmi nous il vient de ſe cacher.

ZORAIDE.

Dans Syracuſe ? O Ciel !

EURIBAN.

Renfermez cette crainte :
J'ai prévû la frayeur dont votre ame eſt atteinte.
Le danger de ce Prince, entouré d'ennemis,
Allarme avec raiſon ce cœur tendre & ſoumis ;

Mais, Madame; ſongez que de votre prudence
Dépendent les complots que trame ſa vengeance.
Déja, s'il n'avoit craint un tranſport indiſcret,
Il ſe fût juſqu'à vous introduit en ſecret.
Sans témoins maintenant vous goûteriez vous-même
La douceur d'embraſſer un pere qui vous aime.
Il brûle de paroître à vos regards ſurpris.
Je viens à ce moment préparer vos eſprits.
Non moins que votre allarme, il a craint votre joie:
Gardez qu'un ennemi la ſoupçonne ou la voye.
Sous les pas de Varon un abîme eſt ouvert;
Donnez le tems, Madame, au parti qui le ſert,
D'aſſurer des projets dont l'écueil eſt terrible.
Je vais joindre ce Prince à vos maux ſi ſenſible.
Sous les traits d'un Eſclave il viendra vous trouver.
Que, comme vous, Palmire ait ſoin de s'éprouver,
Qu'elle ſonge qu'un cri, qu'un geſte involontaire,
Peut dans ſon propre piège entraîner votre Pere.

SCENE

## SCENE VII.

### ZORAIDE, PALMIRE.

ZORAIDE.

VIENS, suis-moi; je succombe à ce nouveau revers;
Je frémis, je voudrois être encor dans les fers.
Pour Varon, pour Sostrate également troublée;
Je vois d'un coup certain ma tendresse accablée.

PALMIRE.

Quoi? du sort d'un Amant votre esprit occupé,
Ose encor....

ZORAIDE.

Hé, peut-on n'en pas être frappé?
N'as-tu pas vû toi-même avec quelle clémence
Sostrate use envers nous des droits de la vengeance?
Je ne m'aveugle point: mon pere est son sujet;
Et loin d'en approuver le barbare projet...
Mais que dis-je? Est-ce à moi de condamner un pere?
Malheureuse! Où portai-je un regard téméraire?

Ah, par respect dumoins, je devrois le baisser.
Le danger d'un Amant a droit d'intéresser;
Mais l'Auteur de nos jours, fut-ce un pere cou-
pable;
N'est pas moins revêtu d'un titre respectable;
Et dans quelques projets qu'il se laisse entraîner,
Il n'appartient qu'aux Dieux de les examiner.

*Fin du premier Acte.*

# ACTE II.

## SCENE PREMIERE.

VARON, EURIBAN.

VARON.

En croirai-je mes yeux ! Suis-je dans cet azile,
Dans ce même Palais, en revers si fertile,
Où surpris sans secours dans les bras du sommeil,
J'eus peine à fuir la mort, offerte à mon reveil ?
Souffre que mes regards en parcourent l'enceinte ;
Souffre qu'un lieu funeste, où ma honte est empreinte,
Ranime un désespoir qui ne s'est occupé
Que du sort du Barbare, à mes coups échapé.
Quoi ! d'un sang odieux la source coule encore !
Ah ! déja dans mon cœur ma haine le dévore.

Parle. Que dit ma Fille ? Est-ce ici que tes soins ;
Que ton zèle à mes yeux doit l'offrir sans témoins ?

EURIBAN.

Oui, Seigneur, vous voyez la paisible retraite
Où son cœur s'abandonne à sa crainte inquiète.
Sostrate a défendu qu'on y vienne épier
Les soupirs que son trouble ose m'y confier.
J'ai sçu ; par des détours que l'on connoît à peine ;
Vous guider jusqu'aux murs de l'enceinte prochaine.
Ne craignez rien. Dailleurs, sous ce déguisement,
Vos traits sont si voilés qu'on s'y trompe aisément.
Votre Fille, elle même, auroit pû s'y méprendre,
Si votre amour trop prompt eût voulu la surprendre.
Vous allez la revoir plus belle que jamais.
Les pleurs, dont sa tristesse a baigné ce Palais,
Loin d'éteindre des yeux où regnoient tant de charmes,
N'ont fait que leur prêter de plus puissantes armes.
On dit même, qu'épris de leur attrait vainqueur,
Sostrate osoit former des projets sur son cœur.
Jugez, si les complots d'un amour si coupable,
Ont dû mettre le comble à l'ennui qui l'accable.

Compagnon de ses fers, j'en ai vu ses regrets,
Son tiran s'est armé du dernier de ses traits.
Pour moi, quelque revers dont le sort vous menace,
Je suis prêt à confondre, à punir son audace.
Disposez de mon bras, rien ne peut m'effrayer.

VARON.

Viens, embrasse ton Roi. Qu'il est doux d'essuyer
Les larmes d'un ami, si tendre & si sincere.
Ma juste confiance en sera le salaire.
Oui, je veux dans ton cœur déposer un secret;
Que le mien dès long-tems te taisoit à regret.
Mais j'aperçois ma Fille, & malgré sa prudence,
Je ne puis l'honorer de cette confidence.
Laisse-nous. Je ne veux que ses yeux pour témoins.
Près de ce lieu funeste, Ami, je te rejoins;
Va m'attendre, & permets que ma haine fidelle;
Concerte ma vengeance ou ma perte avec elle.

## SCENE II.

### VARON, ZORAIDE, PALMIRE.

ZORAIDE.

LE voici. Quel instant! Qu'il a pour moi d'appas! *en avançant.*
Est-ce une illusion? Mon Pere dans mes bras!

VARON.

O ma Fille!

ZORAIDE.

Hé quel Dieu vous rend à ma tendresse,
Mon Pere? Ah! que ce jour répandroit d'allégresse,
Si parmi tant d'écueils vos jours infortunés
N'offroient point votre perte à mes sens étonnés!
Quel soin peut vous conduire en ce lieu redoutable?

VARON.

Quoi, ma Fille! Un Cruel, dans sa rage implacable,
Ose y faire gémir sous un joug odieux,
Le seul de mes enfans que m'ont laissé les Dieux;

Et tu crois que muet aux cris de la nature,
Je me déguiserai ta honte & mon injure ;
Tu crois que, sans frémir, apprenant tes douleurs,
Ma tendresse pourra se borner à des pleurs.
Ah, combien éloigné des maximes du trône,
Ai-je vû d'un autre œil l'horreur qui t'environne !
Souffre que dans tes bras mon amour paternel,
S'efforce d'adoucir un ennui si cruel.
Ma Fille !... N'est-ce point un songe qui m'abuse ?
Es-tu bien ce trésor que ma rage confuse,
Fut contrainte, en fuyant, de livrer au vainqueur?
Quelle perte pour moi! Qu'elle affligea mon cœur!
Que de fois, vers ces lieux ma tendresse inquiéte
Fit revoler ce cœur du fond de ma retraite !
Il me sembloit toujours, contre des inhumains,
Te voir tendre, vers moi, tes innocentes mains.
Juge si de tes fers l'empreinte remarquable,
Rend ton Pere sensible, & Sostrate coupable.
Quoi ! d'une indigne chaîne il osa te charger,
Ma Fille? Ah ! j'en frissonne, & je veux t'en venger.
Tu pâlis ? Juste ciel ! aurois-tu la foiblesse
De trembler à l'aspect du péril qui te presse ?
Ah, si pour soutenir ta gloire ou ta douleur,
Il ne te suffit point de ton propre malheur,
Joins y le désespoir d'un Pere déplorable,
Obligé de trainer un sort si misérable,
Pourrois-tu, sans frémir concevoir le destin
D'un Pere, à chaque pas pressé d'un assassin ?

Non, je te rends justice, & te crois plus sensible;
Non, tu ne voudras point que cette main terrible
Frappe seule des coups que tu dois m'envier.
Sans doute à mes transports tu vas t'associer.
Ta main leur est utile, il faut qu'elle s'apprête;
Il faut qu'en ce lieu même, où tu crains pour ma tête,
Tes soins adroitement attirent l'ennemi,
Qui brave mon courroux, ou le croit endormi.
Je sçais que le Barbare ose avec insolence,
Offrir à tes appas un culte qui t'offense.
Venge toi. Ma fureur n'exige de ton bras,
Que de tendre le piège, & d'y guider ses pas.
Je fraperai. Choisis le lieu du sacrifice;
Dis-moi l'heure qu'il faut que ma haîne saisisse,
Je previendrai tes vœux; tu n'as qu'à la regler.

ZORAIDE.

Mon Pere!...

VARON.

He quoi! ton cœur semble encor se troubler?
Quel soupçon fais-tu naître, ô Fille infortunée!

ZORAIDE.

Ah! que n'ais-je au tombeau rempli ma destinée;
Je n'aurois pas, du moins, par de coupables vœux...

VARON.

Que dis-tu?

ZORAIDE.

ZORAIDE.

Vous voyez mon desespoir affreux :
Je me meurs ; je ne puis en dire davantage.

VARON.

Ah ! tu m'en dis assez, & je vois mon outrage.
Cruelle, ainsi ton cœur, trahissant son devoir,
D'un ascendant honteux, subiroit le pouvoir ?
Quoi ! dans le même instant qu'un Prince sanguinaire
Ne respire à tes yeux que la mort de ton Père,
Je t'en vois idolâtre ; & loin de l'accabler,
Ce n'est que pour ses jours que je te vois trembler ?
Ah ! cache moi l'ardeur d'une flamme si noire.
Tu peux trahir les droits reclamés par la gloire ;
Mais les miens sont sacrés ; tu ne peux m'en priver,
Et c'est moi, que ta main doit défendre & sauver.
Le dessein en est pris : rien ne peut m'en distraire.
Choisis. Il te faut perdre ou l'Amant ou le Pere :
Je ne veux point tenter un succès incertain :
Moi-même du Cruel je veux percer le sein.
Vois le moins cher des deux que ton cœur veut proscrire.
Si dans ce lieu funeste on sçait que je conspire ;
Je suis perdu. Prononce entre un Amant & moi.
Peut être que les pleurs que j'ai versés pour toi,
Les soins que ma tendresse a pris de ton enfance
Devroient m'être garans de ta reconnoissance.

Pour prix de tant d'amour, ose à ses assassins;
Ose livrer un Père, échappé de leurs mains.
Le Ciel, jusqu'à ce jour, a pris soin de ma vie;
Veux-tu que par tes coups elle me soit ravie ?

ZORAIDE.

Mon Père ! . . .

VARON.

Je te laisse; & cours à mes amis
Annoncer le signal, que je leur ai promis.
Le trépas de Sostrate est ce signal terrible;
Ma prudence ne veut, vers ce Palais horrible,
En attirer, qu'alors les flots tumultueux.
Adieu, fais avertir cet Amant malheureux,
Et prens soin qu'à tes pieds la fureur qui m'anime,
N'ait plus à mon retour qu'à fraper la Victime.

## SCENE III.

ZORAIDE, PALMIRE.

ZORAIDE.

QU'ENTENS-JE ? Quelle loi prescrit-il à mes feux ?
Qui moi, que trahissant un maître généreux,
Je tende à son amour un piège si funeste !
Pourriez-vous l'approuver, Dieux vengeurs que j'atteste ?

Non, vous m'en puniriez : il n'est point de devoir
Qui rende respectable un injuste pouvoir.
Quand mon Père médite une affreuse vengeance,
Je dois baisser les yeux & garder le silence.
Mais, lorsque sa rigueur, loin de m'en séparer,
Veut me forcer moi-même à la mieux assûrer,
Je dois désobéir & braver sa colère.

*à Palmire.*

O toi, qu'a dû confondre un ordre si sévère,
Parle ; à qui faudra-t'il que je garde ma foi ?
Dans l'un je vois mon Père, & dans l'autre mon Roi.
L'un veut me rendre injuste & complice d'un crime ;
L'autre m'arrache aux traits d'un courroux légitime :
Et peut-être, au moment que l'on juroit sa mort,
N'étoit-il occupé que du soin de mon sort.
Peut-être, avec tendresse & plein de confiance,
Vient-il m'en donner même une prompte assurance ?
Je ne me trompe point, je le vois s'approcher.
Que ma frayeur redouble, ô Ciel ! où me cacher !

## SCENE IV.

SOSTRATE, ZORAIDE, PHARE'S, PALMIRE, GARDES.

SOSTRATE.

OU vous cacher, Madame ? Hé quoi votre colère
Produit encor sur vous son effet ordinaire ?
Vous ne sçauriez encor soutenir les regards
D'un Vainqueur, dont les loix ont pour vous tant d'égards ?
De quoi vous plaignez-vous ? Viens-je, au gré de ma flamme,
Vous retracer le trouble où vous plongez mon ame ?
Qu'un soin bien différent me conduit en ces lieux !
Je viens y recevoir vos funestes adieux.
Peut-être un cœur moins noble eût saisi l'avantage,
Que donne à ma tendresse un discours qui m'outrage.
De coupables Sujets, lents à me seconder,
Prétendent qu'en ces lieux je devois vous garder ;
Que les Mânes sanglans dont j'occupe le Trône,

Murmureront des ſoins que mon zèle vous donne,
Mais j'imite les Dieux dont les hardis Mortels,
Oſent ſouvent blamer les décrets éternels.
Il ſuffit à ces Dieux, d'en ſentir la ſageſſe
Sans deſcendre à confondre un orgueil qui la bleſſe.
Venez, je veux moi-méme, aux yeux de mes Sujets,
Vous rendre à des ſoupirs que ſuivront mes regrets.

ZORAIDE.

Où me vois-je réduite, & que puis-je répondre!
Seigneur, tant d'apareil ne ſert qu'à me confondre.
L'éclat ne doit point ſuivre un ſort tel que le mien.
L'obſcurité ſied mieux à qui ne prétend rien.
Que déja loin de vous une fuite plus prompte,
N'a-t-elle enſeveli ma douleur & ma honte!
Laiſſez-moi dérober mon affreux déſeſpoir;
Laiſſez-moi fuir ce jour que je n'oſe plus voir.

SOSTRATE.

J'entens. Vous ne voulez qu'éviter ma préſence;
Et tout, juſqu'à mon zèle, eſt une violence.
Je ne vous ſuivrai point. Il faut vous obéir:
Ce bonheur eſt un droit dont Pharès va joüir.
Souffrez qu'il vous conduiſe un Peuple téméraire
Confond dans ſon yvreſſe & la Fille & le Père:
Pharès le contiendra. Son zèle m'en répond.
Hatez-vous de calmer ce deſeſpoir profond.

Partez. Suivez, Madame, un guide si fidelle.

ZORAIDE.

Quel état ! je succombe à ma douleur mortelle.
Je ne me connois plus dans le trouble où je suis.

SOSTRATE.

Quoi ! Madame....

ZORAIDE.

Ah ! Seigneur, vous voyez mes ennuis.
Rien n'approche des maux où mon ame est livrée.
Souffrez que dans l'horreur, dont elle est pénétrée,
Je diffère ma fuite, & cache à l'Univers
Des pleurs, que vos bienfaits ont rendu plus amers.

---

## SCENE V.

SOSTRATE, PHARÈS, GARDES.

SOSTRATE.

CHer Pharès, d'où peut naître une douleur si vive ?
Quoi ! lorsqu'à son repos ma tendresse attentive,
Se fait, pour s'en priver, un effort généreux,
Son desespoir éclate & devient plus affreux ?

Qu'en penses-tu ? Quel est ce trouble qui l'agite ?
Elle n'osoit parler, & son ame interdite.....
Ah ! si c'étoit l'amour qui comblât ses malheurs !
Viens. Je veux pénétrer le secret de ses pleurs.
Je ne sçai, cher Ami : plus j'observe ses charmes,
Plus mon cœur s'attendrit & prend part à ses larmes.
Viens. Le Ciel de ses droits ne m'a point revêtu,
Pour laisser soupirer & souffrir la vertu.

*Fin du second Acte.*

# ACTE III.

## SCENE PREMIERE.

ZORAIDE, PALMIRE.

ZORAIDE.

Uoi ! tu veux què ma main, sur le
bord de l'abîme,
Précipite les pas d'un Roi si magnanime ?
Tu veux que je l'écoute, & le souffre en des lieux,
Où prétend l'immoler un Père furieux ?
Ah ! peut-être qu'au gré de sa haine implacable,
Le Cruel va paroître en ce lieu redoutable.
Prens soin d'en écarter un malheureux Amant.
Va l'attendre, préviens son noble empressement.
Ce Monarque me cherche, il pourroit me surprendre :

Cours, dis-lui que les pleurs, que j'ai lieu de répandre,
Ne me permettent pas de m'offrir devant lui ;
Que je veux sans témoins devorer mon ennui.

## SCENE II.

ZORAIDE *seule.*

DIeux ! daignez rassurer la triste Zoraïde.
N'est-ce pas votre voix, votre main qui la guide ?
Quel trouble agite encor son esprit abbatu ?
La paix est-elle ailleurs qu'au sein de la vertu ?
De cet effroi cruel, que faut-il que j'augure ?
Est-ce un cri de l'Amour ou bien de la Nature ?
Qu'ai-je fait pour trembler, pour éprouver l'horreur....

## SCENE III.

VARON, ZORAIDE.

VARON.

ZOraïde, est-ce ainsi que tu sers ma fureur ?
Je croyois que fidelle au transport qui m'anime,

Ta voix eût dans le piège attiré ma victime.
Ton devoir suffisoit pour t'y déterminer.

ZORAIDE.

Mon Père, à quel emploi m'osez-vous destiner?
Dans un tendre respect élevé dès l'enfance,
Mon cœur voudroit garder un modeste silence:
Mais, daignez voir, vous-même, à quelle extrêmité
Vous réduisez ce cœur; en secret révolté.
Vous voulez que ma main, à vos ordres soumise,
Serve un courroux aveugle, & que rien n'autorise.
Sujette de ce Roi, dont il veut se venger,
De quel droit dans son sang irai-je me plonger?
Puis-je ignorer qu'un front, orné du diadême,
Doit paroître, aux Mortels, la Divinité même?
Que, sans un sacrilège, on ne peut effacer
L'empreinte qu'elle-même elle eut soin d'y tracer?
Ne vous figurez pas qu'une coupable adresse,
D'un intérêt sacré couvre ici ma tendresse.
Un cœur, tel que le mien, est né pour triompher
D'un penchant que l'honneur doit lui faire étouffer.
Le soin de ce repos, où le vôtre renonce,
L'amour de la justice en dicte la réponse:
Souffrez que ma douleur, pour la premiere fois,
Ose élever vers vous une timide voix.
Dans vos sanglans projets quelle ardeur vous dévore?

Sorti du plus beau sang que Syracuse adore,
Près du Trône placé par un Roi généreux,
Etoit-il sur la terre un mortel plus heureux ?
Quel Démon vint troubler une paix si profonde ?
Pourquoi livrer la guerre au plus grand Roi du monde ?
Pensiez-vous que ce Trône, où vous êtes monté;
Offrit plus de bonheur ou de solidité ?
Hélas ! est-il un Roi, si nous devons l'en croire,
Que le trouble n'assiège au milieu de sa gloire ?
En est-il, quelque rang qu'il ait droit d'occuper,
Qu'un revers n'humilie & n'ait sçû détromper ?
Ah ! si même un Roi juste éprouve l'amertume;
Que faudra-t'il alors que l'Univers présume
D'un Mortel qui l'opprime, & qui, né pour servir;
Loin de venger le trône, osera le ravir ?
Mon Père, au nom des Dieux, au nom d'une tendresse,
Qu'autant que mon repos, votre sort intéresse,
Daignez suivre mes pas. Abandonnez des lieux,
Où vous avez à craindre & la terre & les cieux.
Venez dans un azile, à vos jours moins funeste,
Vous assurer du moins le seul bien qui vous reste.
Venez-y contempler votre sort de plus près :
Venez-y comparer aux douceurs de la paix,
L'éclat de ces grandeurs que foule la sagesse :
Et vous verrez alors si leur trompeuse yvresse;
Si le sort de ces Rois, avec faste honorés,
Vaut le sort des Mortels, de leur Maître ignorés.

VARON.

Va, tu n'es point mon ſang; va, je te déſavoue:
Va gémir d'un projet où tu veux que j'échoue.
Rien ne peut le changer. Le Trône eſt le ſeul bien
Capable de remplir un cœur tel que le mien.
Formé pour ce haut rang, je veux que mon audace,
Je veux que mon orgueil ou s'y briſe ou m'y place.
Le ſecours de ton zèle auroit pû dans ces murs,
Me fournir des moyens & plus prompts & plus ſûrs;
Mais, puiſque de mes vœux ton amour ſe ſépare,
Je vais, à force ouverte, attaquer un Barbare.
Oui, je vais contre lui, guidé par ma fureur,
Soulever des Sujets, prêts à ſemer l'horreur.
Je crois entendre ici les noms que tu me donnes;
Il me ſemble...

## SCENE IV.

VARON, ZORAIDE, PALMIRE.

PALMIRE.

AH! Madame,

ZORAIDE.

Hé bien, quoi! tu friſſones?

PALMIRE.

Ma prudence auroit ſoin de cacher mon effroi ;
Si j'avois pû calmer & retenir le Roi.
Mais, Madame, il me ſuit, & ſon impatience
M'a permis ſeulement d'annoncer ſa préſence.

VARON.

Qu'il paroiſſe. Je vais obſerver en ces lieux ;
L'inſtant où doit périr ce Vainqueur odieux.
Prens ſoin de renfermer le trouble qui t'agite.
Le hazard me le livre ; il faut que j'en profite.
Je l'entends.... Songe au moins, qu'il y va de
mes jours.

## SCENE V.

ZORAIDE, PALMIRE.

ZORAIDE.

AH ! que n'ai-je des miens précipité le cours !
Je frémis : quel moment ! quel horrible ſupplice !
Quoi ! de ce coup affreux, je ſerai la complice !
Il faudra que muette, & que d'un front ſerein,
Je contemple Soſtrate un poignard ſur le ſein !
Je le vois. Ciel ; ô Ciel !

## SCENE VI.

### SOSTRATE, ZORAIDE, PALMIRE.

SOSTRATE.

Ne pourrai-je, Madame,
Percer le nouveau trouble où se plonge votre ame?
Votre Roi se flattoit, en comblant vos désirs,
De suspendre du moins le cours de vos soupirs.
Quel secret desespoir vous les arrache encore?
N'osez-vous m'avouer l'ennui qui vous dévore?
Songez-vous que des maux, dont je vous vois gémir,
J'ai moi-même?... Mais, quoi? Vous paroissez frémir?
Quelle horrible pâleur vous couvre le visage?

## SCENE VII.

SOSTRATE, ZORAIDE, PALMIRE.

VARON, *dans l'enfoncement du Théâtre.*

PRofitons d'un instant si propice à ma rage.

SOSTRATE *à Zoraïde.*

Vous ne répondez point ? Ah ! que vous m'effrayez,
Tournez vers moi ces yeux obscurcis & noyés.
Mes regards ne sont point d'un vengeur infléxible ;
Ils n'anoncent qu'un Roi généreux & sensible.

ZORAIDE *appercevant son Pere qui leve le poignard.*

O mon Père ! Arrêtez.

SOSTRATE.

Votre Pere ? Ah grands Dieux !

VARON.

Oui, c'est lui que tu vois : c'est cet Ambitieux ;
C'est Varon, en un mot, qu'on livre à ta colère.

SOSTRATE.

*Ici entrent les Gardes.*

Hola, Gardes....

ZORAIDE.

O Ciel!.. Que prétendez-vous faire?

VARON *à sa Fille.*

Perfide! il te sied bien de marquer cet effroi,
Quand Varon n'est trahi, n'est livré que par toi.
Retiens, retiens des pleurs, dont la feinte m'outrage.
Ou plutôt, Malheureuse, acheve ton ouvrage;
Acheve, ose plonger dans ce sein paternel,
Le poignard que mon bras levoit sur un Cruel.
Ose verser ce sang, contre qui tu conspires;
Ce sang à qui tu dois le jour que tu respires.

ZORAIDE.

Je me meurs.

SOSTRATE.

*à Palmire.*

Profitez du trouble de ses sens;
Rentrez.

## SCENE VIII.

### SOSTRATE, VARON, GARDES.

SOSTRATE.

Et toi, Tyran, dont les vœux impuissans,
Dont l'aveugle fureur arme un bras téméraire;
Sors, & va dans les fers attendre ton salaire.

*aux Gardes.*

Que par vous, à l'instant, ce Monstre en soit chargé,
Soldats.

VARON.

N'espere point être le seul vengé.
Cruel! je veux ici que sous une autre chaine,
Tu frémisses toi-même, & redoutes ma haine.
Père de cet objet qui paroît te troubler,
Du fond de ma prison je te puis accabler.
J'augure encor assez du cœur de Zoraïde,
Pour croire qu'elle oppose au transport qui te guide,
Un devoir, qu'à regret elle vient de trahir.
Tremble. De tes combats ma fureur va jouir.
Je prévois ton desordre: & loin que je te craigne
Je veux qu'il soit la honte, ou l'écueil de ton regne.

## SCENE IX.

SOSTRATE *seul.*

AH! connois mieux ce cœur que tu veux dégrader.
L'Amour, moins que la gloire, a droit de le guider.
J'aime; j'aime, sans doute, & ce penchant funeste
Va s'armer du pouvoir que ta fureur atteste.
Mais je sçaurai le vaincre; & malgré son effort...

## SCENE X.

SOSTRATE, PHARE'S.

PHARE'S.

SEigneur, je viens à vous plein d'un juste transport.
Est-il vrai que Varon soit en votre puissance?
Palmire, dont le trouble a trahi le silence,
Et qu'on vient d'entourer au sortir de ces lieux,
N'a pû taire un secret qu'on lisoit dans ses yeux.

SOSTRATE.

N'en doute point. Les Dieux m'ont livré le Perfide,

Je puis verser ce sang dont ma haine est avide.
Mais, je veux; cher Pharès, avant de m'y plonger,
Connoître les ingrats qui l'osoient protéger.
Essayons, par la crainte & l'aspect des supplices,
De faire à ce Barbare avoüer ses complices.
Qu'on ait soin d'arrêter le coupable Euriban;
Cours, Pharès; cet esclave est l'ami du Tyran;
Appui de ses projets, il a dû les connoître.
Qu'on commence par lui: que du cœur de ce traître;
On parcoure avec soin les replis odieux,
Et qu'il aille aux Enfers attendre un Furieux.

*Fin du troisiéme Acte.*

# ACTE IV.

## SCENE PREMIERE.

SOSTRATE, PHARE'S.

PHARE'S.

JE n'ai pû satisfaire une juste vengeance,
Le Traitre a de mes soins trompé la vigilance,
L'un prétend que déja sous un ciel étranger,
La fuite l'a soustrait à ce nouveau danger.
L'autre, dans la frayeur qu'éprouve sa tendresse,
Croit qu'Euriban se cache, & seme avec adresse
Un bruit, qui redoublant notre sécurité
Assure un champ plus libre à sa témérité.
J'ai pris soins d'attacher sur les pas des rebelles,
Les yeux que ma prudence a crû les plus fidelles.

Déja même, suivi d'un peuple de mutins,
Le perfide Euriclès est tombé dans vos mains.
S'il m'est pourtant permis d'expliquer ma pensée,
N'attendez pas, Seigneur, qu'une foule insensée,
Elevant jusqu'à vous ses coupables projets,
Vous réduise à verser le sang de vos sujets.
Dans le sein de Varon étouffez cette yvresse.
Sa mort est nécessaire, & le peuple la presse.
Je sens qu'il est affreux de dicter un Arrêt,
Où l'amour malgré nous mêle un tendre intérêt.
Mais, Seigneur, il le faut. Songez que votre gloire
Vous doit d'un meurtre horrible occuper la mémoire;
Que ce Trône, où le Ciel paroît vous protéger,
Est encor teint d'un sang que vous devez venger.

SOSTRATE.

Je n'en perdrai jamais le souvenir funeste:
Je le jure à ce sang dont ton Maître est le reste.
Hé, comment voudrois-tu qu'à mes tristes regards
Echappât un revers écrit de toutes parts?
Là, je vois le tombeau de ce Roi respectable,
Massacré sans pitié par un Monstre exécrable.
Ici j'entens gémir ces jeunes malheureux,
Confondus dans l'arrêt d'un père vertueux.

Non, ne présumez pas que mon cœur vous trahisse....
Vous surtout, que j'atteste, ombre de Cléonice;
Vous, de qui les appas, dignes d'un sort plus beau,
Furent même à mes vœux promis dès le berceau.
Vous, me verrez fidelle à ce sang qui m'anime,
Nul respect ne sçauroit m'arracher ma victime;
Mais prêt à la frapper; pardonnez aux soupirs
Qu'un objet respectable oppose à vos desirs.
Se peut-il, cher Pharès, que du sort d'un Barbare
Dépende le destin d'une vertu si rare!
Se peut-il qu'en lançant les traits de mon couroux
Je me trouve forcé de confondre mes coups?
Quel spectacle j'apprête aux yeux de Zoraïde!
Mais ma gloire l'ordonne. Elle seule me guide;
Hâte-toi, cours Pharès: que Varon en ces lieux
Satisfasse lui-même un desir curieux.
Je veux le voir. Je sens, quelque horreur qu'il m'inspire,
Que sa présence importe au repos où j'aspire.
Cours, te dis-je, qu'il vienne.

## SCENE II.

### SOSTRATE *seul.*

OUI, je veux lui parler.
Une voix, que mon cœur ne sçauroit démêler,
Semble, par des avis dont mon sort va dépendre,
M'annoncer des secrets que je brûle d'apprendre.
Qu'aurois-je encore à craindre? Et d'où naît le soupçon....
Mais qu'est-ce que je vois? La fille de Varon!
Que deviendrai-je, ô Ciel! évitons sa présence,
Mon courage s'étonne, & succombe d'avance.

## SCENE III.

### SOSTRATE, ZORAIDE.

ZORAIDE.

AH, Seigneur, arrêtez.

SOSTRATE.

Quoi, Madame, c'est vous?

ZORAIDE.

C'eſt moi-même, c'eſt moi qui tombe à vos genoux :
C'eſt moi qui viens ici de vous livrer mon Père.
Sentez-vous à ces mots l'horreur de ma miſere ?
Concevez-vous la honte & les remords affreux,
Dont ce crime eſt ſuivi dans un cœur vertueux ?
Ah ! combien ce forfait me rendroit execrable,
Si l'on voyoit périr un Père déplorable !
Seroit-ce vous, Seigneur, qui, muet à mes cris,
Aideriez à me rendre un objet de mépris,
Vous dont le cœur tantôt rempli de mes allarmes,
Prenoit ſi vivement le parti de mes larmes ?
Vous que l'on voyoit, même aux yeux de vos ſujets,
Honorer mon départ des plus tendres regrets ?
Ah ! ne vous armez point d'un viſage ſévère.
Soyez toujours ſenſible, & rendez-moi mon Père.
Rendez-moi le ſeul bien qui reſte à ma douleur ;
Ce jour vient de lier ma gloire à ſon malheur.
Moins pour lui que pour moi ma frayeur vous implore.
Faut-il à vos genoux me proſterner encore ?

SOSTRATE.

Que faites-vous, Madame ? Ah quel combat cruel,
Venez-vous joindre encore à mon trouble mortel !

Pour

Pour abuser ainsi des droits que je vous donne,
Ignorez-vous les soins que je dois à mon Trône ?
Songez-vous que le Roi, qui lui sert de degré,
Y périt par l'Ingrat, que vous m'avez livré ?
Je voudrois adoucir la perte que vous faites.
Je frémis plus que vous de l'état où vous êtes;
Ma constance y succombe. Et croyez que mon cœur,
Va payer....

ZORAIDE.

Non, Ingrat, & j'en vois la rigueur;
N'en vantez point le trouble & la fausse clémence:
Sous une pitié feinte il cache sa vengeance.
Où suis-je ? A quel opprobre osez-vous me lier ?
Quoi! lorsque pour vos jours trop prompte à m'effrayer,
A peine au coup fatal je viens de vous soustraire;
Vous pourriez-vous résoudre à condamner mon Père ?
Juste ciel ! Songez-vous qu'en ces momens affreux
Vous n'avez d'autres droits sur ses jours malheureux,
Que ceux que vous tenez de ma crainte infidelle ?
Que ces droits maintenant sont reclamés par elle,
Et que votre fureur ne s'en peut prévaloir,
Sans s'armer du bienfait qui lui rend son pouvoir ?

Ah ! si vous abusiez de ce pouvoir funeste,
Si vos coups m'arrachoient le seul bien qui me reste,
Sçavez-vous quels transports guideroient ma douleur ?
Sçavez-vous que mon bras, pour parer ce malheur,
Peut sur vous, ...

SOSTRATE.

J'y consens, & vous pouvez reprendre
Ces jours que vos frayeurs ont pris soins de défendre ;
Ils sont à vous. Osez en abréger le cours ;
Osez desavouer un généreux secours ;
Car enfin, quelqu'affreux que votre sort puisse être,
Du destin de Varon je ne suis point le maître ;
J'ai l'univers à craindre, un peuple à ménager,
Mon devoir à remplir, des loix à protéger.
Lié par tant de nœuds, je ne sçaurois absoudre
L'Ingrat, dont les fureurs m'ont armé de la foudre:
Elle est prête à partir, je ne puis vous tromper.
Vengez-vous d'un Cruel, vous n'avez qu'à frapper.
Voilà mon cœur, ce cœur dont l'audace affermie,
Préferera toujours la mort à l'infamie ;
Vous êtes équitable ; & j'ose m'assurer,
Que même, en le perçant, vous allez l'admirer.

ZORAIDE,

L'admirer ! moi, Barbare ? Osez-vous bien encore
Insulter aux ennuis dont l'horreur me dévore ?
Ah ! loin que j'applaudisse à ce cœur inhumain,
Que n'est-il mille fois déchiré de ma main ?
Par quel charme fatal me trouvai-je enchaînée !
Malheureuse ! ... tandis qu'une foule effrenée,
Demande à haute voix qu'on termine les jours
D'un Père, qui peut-être implore mon secours,
Je ne puis sur Sostrate en venger la ruine ;
Et deux fois dans un jour ma crainte l'assassine !
Ah ! par pitié dumoins, ouvrez-moi sa prison,
Laissez-moi dans ses bras rappeller ma raison ;
Mais que vois-je ? on l'amène ! ah quel moment terrible !

## SCENE IV.

SOSTRATE, VARON, ZORAIDE, PHODAS, GARDES.

ZORAIDE.

MON Pere, qu'ai-je fait ? dans quel abîme horrible,
L'excès de mon allarme a-t il pû vous plonger ?
Ah ! combien mes remords ont soin de vous venger ?

Ne me reprochez plus ce trouble involontaire;
Et revenez à moi sous un front moins sévere.
Mais non, j'en suis indigne; & votre inimitié
Doit même à mes malheurs refuser la pitié.

VARON.

Va, connois mieux ce cœur, qu'offensent tes alarmes;
Et qui n'a que tes maux pour objet de ses larmes.
Si ton crime, d'abord, a pû me révolter,
Pardonne un mouvement, que j'ai bien sçû dompter.
Mon amour est encor plus fort que ma colère,
Et ton remords suffit pour desarmer ton Père.
Ma fille, embrasse-moi, que je sens, à tes pleurs,
Ranimer ma tendresse, & calmer mes douleurs!
Non, le coup qui m'attend n'a plus rien de funeste,
Puisqu'au moins il t'épargne, & que ton cœur me reste.
A ce prix, mille fois, j'aurois voulu périr;
Tu m'aimes, c'est assez, je consens à mourir.

ZORAIDE.

Vous, mourir? Vous, mon Pere? Ah! Seroit-il possible,
Que Sostrate à mes pleurs fût encore insensible?

## SCENE V.

SOSTRATE, VARON, ZORAIDE, PHODAS, PHARÈS, GARDES.

PHARÈS *au Roi.*

OUI, Seigneur, vous devez être sourd à ses cris,
Et punir un Tyran qui vous avoit surpris.
Daignez hâter le coup d'une lente justice ;
L'Imposteur vous trompoit, & voilà Cléonice.

ZORAIDE.

Moi, Cléonice ?

VARON *à part.*

O Ciel ! Euriban m'a trahi...

SOSTRATE *à Pharès.*

Explique toi : quel est ce prodige inoui ?

PHARÈS.

Euriban vient de rompre un coupable silence ;
Le Perfide d'abord a trompé ma prudence ;
Mais, Seigneur, de si près, j'ai fait suivre ses pas,
Que son propre signal l'a jetté dans nos bras.

Soigneux de découvrir jusqu'aux moindres parjures,
Je me suis appuyé du secours des tortures :
Foible, & ne pouvant plus en soutenir l'horreur,
Le Traître s'est offert d'éclairer notre erreur.
Il vient de réveler qu'un heureux artifice
Fit périr Zoraïde au lieu de Cléonice ;
Que Varon, par un Traître informé de son sort,
Se hâta d'étouffer les témoins de sa mort ;
Sûr que contre vos coups sa politique habile,
Dans Cléonice, au moins, s'assuroit un azile.

SOSTRATE.

*à Varon.*

Perfide !

*à Zoraïde*

Ainsi sa main n'épargna vos attraits,
Que pour se voir par eux à l'abri de mes traits ;
Ah ! Qu'à travers mon trouble & ma crainte mortelle,
J'ai souvent démêlé cette fourbe cruelle !
Qu'à regret, sur vos pas, je traînois la terreur !

VARON.

J'espérois jusqu'au bout défier ta fureur.
D'un œil fixe, tantôt, j'envisageois ma chute :
Mais, ô ciel ! A quels coups ma constance est en butte.

Tu l'emportes, Cruel, tu viens de rassembler
Tous les traits, dont ta main me pouvoit accabler.
J'ai vû périr mon fils, l'espoir de ma famille;
Pour adoucir sa perte, il me reste une fille;
Et ton coupable amour, prompt à me la ravir;
D'un lâche stratagême, ose ici se servir?
Non, ce peu de vertu, de grandeur qui me reste;
Ne sçauroit soutenir un coup aussi funeste.

*à Cléonice ou Zoraïde.*

Ma fille!.. Mais, que dis-je? Est-ce au triste Varon,
Est-ce à lui desormais de prononcer ce nom?
Ce nom doit t'outrager, & ton indigne flamme,
Ne l'a que trop sans doute effacé de ton ame.

ZORAIDE.

Non, mon Pere, ce nom me sera toujours cher;
Epargnez-moi l'horreur de ce reproche amer.
Lisez mieux dans le sein d'une fille si tendre,
Qui prétend, à vos pieds, mourir ou vous défendre.

SOSTRATE.

Vous le défendre? Vous, qui devez le punir?
D'une funeste erreur n'osez-vous revenir?
Quel spectacle, grands Dieux, pour les mânes d'un Père,
Qui voit sa propre fille, une fille si chere,

Outrager sa mémoire, & pleurer son bourreau !
Tournez les yeux, Madame, & voyez ce tombeau :
C'est dans ce lieu sacré que repose sa cendre,
Ses cris percent sa tombe, & l'on peut les entendre.
Contemplez, à ses pieds, vos freres malheureux,
Confus des sentimens que vous armez contre eux,
Pourriez-vous . . . .

ZORAIDE.

Ah ! Cruel, épargnez Zoraïde.
Prenez pitié d'un cœur si près du parricide.
Laissez-moi . . . Ciel ! Où suis-je ? Et vers qui desormais,
Leverai-je les yeux dans ce triste Palais ?
Jouet infortuné du sort le plus bisarre,
Pour qui faut-il, hélas, que mon cœur se déclare ?

VARON.

Que dis-tu ? Quoi, ce cœur oseroit balancer ?
Ah ! De quel coup affreux viens-tu de me percer ?
Quand je crois ton remords, ta tendresse sincère,
Je te vois soupçonner les larmes de ton Père !

ZORAIDE.

Quel reproche ? Ah ! Seigneur, ce mot me fait trembler,

Et soudain, dans vos bras, il me fait revoler.
Oui... Je suis votre fille.... Et mon ame confuse....
Vous rend. . . .

SOSTRATE.

Que faites-vous ? Quelle erreur vous abuse?
Cléonice !

ZORAIDE.

Barbare ! ôtez-vous de mes yeux.

SOSTRATE.

Quoi ! Votre amour adopte un Monstre furieux ?

*à Varon.*

Misérable, peux-tu, par une indigne feinte,
Peux-tu nourrir ainsi sa douleur & sa crainte ?
Ah ! sçais-tu quels tourmens je suis près d'inventer....

VARON.

Je ne crains plus ta rage, & je viens d'éviter
Le seul coup, qu'en secret redoutoit la Nature:
Par ses nouvaux transports, ma fille me rassure ;
Et tu n'as, dans le piège, à sa flamme tendu,
Gagné que le regret de te voir confondu.

SOSTRATE.

Ah ! Quel comble d'horreur ! Avec quelle impudence....

*Aux Gardes.*

Que ce Monſtre, à l'inſtant, ſorte de ma préſence.
Que puni de ſa fourbe....

ZORAIDE.

O Ciel ! Que dites-vous ?
Quoi ! Vous le livreriez aux traits de ce couroux?
Ah ! s'il eſt vrai, Cruel, que ſa mort ſoit jurée,
Ne ſouffrez pas, du moins, que j'en ſois ſéparée,
Tranchez mes triſtes jours, puiſqu'il eſt condamné,

[ *Elle ſe jette dans les bras de ſon Père.* ]

Me voilà dans les bras d'un Père infortuné ;
Oſez, de vos fureurs, remplir ce ſanctuaire,
Et frapper d'un ſeul coup & la Fille & le Père.

SOSTRATE.

Qu'on l'éloigne, Soldats ; & que dans ce Palais ;
Loin du trouble, avec elle, on le garde de près.
Vous attendrez mon ordre.

## SCENE VI.

### SOSTRATE, PHARÈS.

SOSTRATE.

AVEC quel artifice,
L'Imposteur a surpris la foi de Cléonice !
Retenu par sa feinte, où me vois je réduit,
Cher Pharès ! Et quel Dieu le protège, & me nuit?
Quoi ! Ce Monstre à mes coups déroberoit sa tête?
Non, viens la voir tomber sous le fer qu'il arrête.
Il dépend d'un secret qu'il a beau me cacher ;
De son perfide cœur, je sçaurai l'arracher.

*Fin du quatrième Acte.*

# ACTE V.

## SCENE PREMIERE.

ZORAIDE, GARDES.

ZORAIDE.

CRUELS ! que faites-vous ? Quoi ! votre aveugle rage,
Ose encor à mes maux ajouter cet outrage ?
Ni mes cris, ni mes pleurs, ne sçauroient vous toucher ;
Et des bras de Varon vous osez m'arracher !
Dieux ! que va devenir ce Père déplorable ?
Ou plutôt que prétend la douleur qui m'accable ?
Quels objets offre-t-elle à mes sens agités !
Est-ce vous, que je vois, mânes ensanglantés !

Est-ce vous, dont la plainte, irritant mes allarmes,
Me reproche mon trouble & condamne mes larmes?
Quel Dieu vers ce tombeau m'entraine malgré moi?

## SCENE II.

### PALMIRE, ZORAIDE, GARDES.

ZORAIDE.

PAlmire, viens du moins partager mon effroi.

PALMIRE.

Hé! quelle crainte encor peut troubler Cléonice;
Quand les Dieux ont d'un fourbe éclairé l'artifice?
Quand peut-être, elle même, au fond de votre cœur,
La Nature dément la voix d'un Imposteur?

ZORAIDE.

Je veux bien t'avouer ma surprise secrette.
Dans ce desordre affreux la nature est muette.
Rien ne dit dans mon cœur que je doive à Varon

Ce sang, que lui dispute un funeste soupçon.
Mais, Palmire, est-ce assez de ce fatal silence,
Pour lui ravir un titre acquis dès mon enfance?
Eh! comment opposer des indices cruels,
A des gémissemens qui paroissent réels?
N'as-tu pas vû le trouble & l'allarme soudaine,
Que son front vient d'offrir à mon ame incertaine?
N'as-tu pas vû les pleurs échappés de ses yeux?
Ah! si je ne formois qu'un doute injurieux!...
Si malgré le silence où reste la nature,
Je n'étois qu'une Fille & barbare & parjure!...
Sens-tu la cruauté du sort qui me poursuit?
Je n'apperçois qu'horreur dans cette affreuse nuit.
Si Varon est mon Pere, & que je le trahisse,
Je suis un monstre alors qu'il faut que l'on punisse:
Et si je tiens le jour de ce sang glorieux,
De ce sang, qu'a versé son bras séditieux,
Egalement barbare en défendant sa vie,
D'un autre crime encor ma douleur est suivie.

PALMIRE.

Hé! Madame, calmez une injuste terreur.
Voulez-vous de Varon appuyer la fureur?
Voulez-vous, qu'animé d'une coupable audace,
Un vil peuple l'arrache au coup qui le menace?
Je ne puis vous cacher que ce Palais fatal
Est prêt à retentir d'un horrible signal.
Le Roi s'efforce en vain de prévenir l'orage:
Il n'est point de prudence à l'abri du naufrage.

## SCENE III.

### VARON, ZORAIDE, PALMIRE, GARDES.

VARON.

Ciel ! où m'entraine-t-on ? ... Mais qu'est-ce
que je voi ?
Ah ! quel ravissement succède à mon effroi !
Ma Fille, t'a-t-on dit de quelle horreur nouvelle,
On vient d'empoisonner ma tristesse mortelle ?
Sçais-tu pour quel dessein de farouches Soldats,
Sont venus sans respect t'arracher de mes bras ?
Les Cruels, à mes yeux, te déroboient à peine,
Que sans me préparer à leur rage inhumaine,
L'un d'entr'eux est venu m'annoncer ton trépas :
Sans doute, en observant mon cruel embarras,
Le perfide croyoit surprendre la nature,
Et voir si ma tendresse étoit une imposture.
Hélas ! mon cœur déja te suivoit au tombeau,
Je croyois... Mais, ma Fille écartons ce tableau.
Les Dieux n'ont point encor assuré la vengeance
Du Cruel, dont tes yeux confondent la prudence.
Son heureuse lenteur favorise un Parti,
Qui, malgré ses efforts, n'est point anéanti.

Non, ma Fille, ... J'ai sçu, par un avis fidelle,
Que tandis que le Roi délibère & chancelle,
Resolu dans ces lieux de vaincre ou de périr,
L'intrépide Euriclès nous y doit secourir.
Séche tes pleurs. L'instant n'est pas bien loin peut-être,
Où, la foudre à la main, je vais parler en Maître.

## SCENE IV.

SOSTRATE, VARON, CLEONICE, PALMIRE, GARDES.

SOSTRATE.

Je veux bien, malheureux, m'abaisser jusqu'à toi,
Et te permettre encor d'envisager ton Roi.
Ton salaire est tout prêt. Ma severe justice
Va punir tes fureurs du plus affreux supplice.
Sous l'horreur de ce coup, certain de succomber,
Vois si tu veux l'attendre, ou bien t'y dérober.
Par toi-même à nos vœux Cléonice rendue,
Est en droit d'adoucir la peine qui t'est dûe.
Son sort est dans tes mains, tu ne peux le nier;
Le Traitre, à qui ta haine a daigné se fier,
Le sort des malheureux, qui perçoient ce mystère,

Tout me dit, que ton cœur prend un faux caractère.
Ose avouer ta fourbe, & cesse d'abaisser
L'heritiere d'un rang, d'où j'ai dû te chasser.

VARON.

Une vertu sublime a pû la rendre digne
De ce rang, qu'au hazard la Fortune désigne.
S'il ne falloit ici, pour faire son bonheur,
Ou pour lui décerner la suprême grandeur,
Que te sacrifier le seul bien qui me reste,
Je te ferois soudain un aveu si funeste:
Mais, après les transports qu'elle a fait éclater,
Je croirois la punir, au lieu de la flater.
Son cœur vient de me rendre un trop beau témoignage,
Pour payer son amour d'un si sensible outrage.
Non, ma Fille, le mien ne sçauroit consentir,
A taire un mouvement, qu'on a beau démenti...
Je t'aime, & je sçaurai d'un visage intrépide...

## SCENE V.

PHARE'S, SOSTRATE, VARON, ZORAIDE, PALMIRE, GARDES.

PHARE'S *au Roi.*

AH! Seigneur, hâtez-vous d'immoler ce Perfide:
Suſcité par ſa rage, un reſte de Mutins,
Forme encor contre-vous de coupables deſſeins,
Le Chef de ces Ingrats a déja pris les armes,
Et ſème en ce Palais de terribles allarmes.
Prevenez ſon audace, & ne permettez pas,
Qu'un Traitre impunément arraché de vos bras....
Que dis-je? entendez-vous ce tumulte effroyable?
On vient,... Ah! laiſſez-moi d'un monſtre abominable,...

ZORAIDE.

Malheureux, que prétend votre aveugle fureur?

PHARE'S.

Immole un Tyran, qui doit vous faire horreur.

## SCENE VI.

EURICLE'S, SOSTRATE, VARON, ZORAIDE, PHARE'S, PALMIRE, GARDES. *Une Troupe de Soldats.*

EURICLE'S *à Pharès.*

NON, Cruel, nos efforts ont trompé ton attente ;
Ton bras est soutenu d'une haine impuissante.
*à Varon.*
Seigneur, vous êtes libre ; osez suivre mes pas.

PHARE'S.

Quoi ! c'est vous, Euriclès, qui d'un crime aussi bas...

EURICLE'S *à Varon.*

Hâtez-vous, venez voir, & conduire vous-même,
La fureur, où se livre un Peuple qui vous aime ;
Venez voir, sous vos coups, tomber vos Ennemis

VARON.

Que dis-tu ? Je triomphe, & leur sort m'est soumis !

Ah ! dans ce coup heureux, je dois trop reconnoitre,
L'appui du Dieu vengeur qui protége ton Maitre.
C'est ici, que ce Dieu, dont je suis animé,
Veut me voir signaler ce cœur qu'il a formé.

*à Sostrate.*

Oui, Cruel ; c'est ici qu'au défaut du tonnerre,
Je veux de ton fardeau débarrasser la terre.
Ta lenteur à la fin t'a mis en mon pouvoir.
Meurs, imprudent Rival, avec ce desespoir :
Et, pour sentir encor une mort plus cruelle,
Reconnois Cléonice, & péris avec elle.

(*Il se jette sur l'épée d'Euriclès.*)

EURICLE'S.

Perfide ! cet aveu vient de régler ton sort.
Soldats ; ç'en est assez : qu'on le mène à la mort.

VARON.

Ciel ! que vois-je ? O noirceur ! ô trahison horrible !
Leur foule m'environne, & de ce lieu terrible,
M'arrache avec opprobre, au lieu de me jurer ! ..

SOSTRATE.

Oui, reconnois le piége où j'ai sçû t'attirer.
Ce n'est point ce Parti, dont l'intrigue secrette
Te flattoit d'un triomphe, ou bien d'une retraite :
Tu ne vois que des bras voués à ma fureur.
Ta haine a d'autant moins reconnu son erreur,

Que ce même Euriclès soutenoit son audace,
Et qu'il trompe ta rage, assuré de sa grace.
Va trouver, sous ces murs, le trépas qui t'attend:
Qu'on éloigne ce Monstre: allez; & qu'à l'instant,
Traîné sur l'échaffaut, le Barbare y périsse.

VARON *en sortant.*

Ah, Dieux!

## SCENE DERNIERE.

SOSTRATE, ZORAIDE, PHARE'S, PALMIRE.

SOSTRATE.

GRACE au secours d'un heureux artifice,
Nous avons de son cœur pénétré les replis.
Vous triomphez, Madame, & mes vœux sont remplis:
Reprenez votre rang. Vous me voyez descendre
D'un Trône, qu'à mon bras il suffit de défendre.

ZORAIDE.

Ah! Seigneur, pensez-vous qu'après tant de bienfaits,
Ce Trône, sans Sostrate, ait pour moi des attraits?

De ma reconnoissance il doit être le gage :
Heureuse, qu'avec moi, la vertu le partage !

F I N.

---

## ERRATA.

Page 18 ligne premiere, devois *lisez* devrois.
Page 21 ligne treisiéme, ses *lisez* tes.
Page 24 ligne 18, tombeau *lisez* berceau.

## APPROBATION.

J'AY lû, par ordre de Monseigneur le Chancelier, un Manuscrit intitulé : *Varon Tragedie*, faisant partie du choix de différentes Pièces, représentées depuis quelques tems aux Théâtres. A Paris, ce 15 Janvier 1752. CREBILLON.

Le Privilege se trouve à la fin du quatrième Volume du Choix de différentes Piéces, &c.

---

## *Nouvelles Piéces de Théâtre détachées.*

REVEIL de Thalie.
Le Miroir, Comédie.
Le Bacha de Smirne, Comédie.
L'Année Merveilleuse, Comédie.
La Mort de Bucephale.
Le Pot de Chambre cassé, Tragédie pour rire, & Comédie pour pleurer.
Les Parfaits Amans, ou les Métamorphoses, Comédie, 1751. de M. DE STE. FOI.
Le Magnifique, Comédie avec Divertissement.
Le Retour de la Paix.
Le Prix du Silence. } Par M. DE BOISSY.

Benjamin, ou Reconnoissance de Joseph Tragédie.
La Double Extravaguance, Comédie.
Mahomet, Tragédie.
Les Fêtes de l'Hymen ou la Rose, Opera Comique.
Les Petits-Maîtres, Comédie, réimprimée en 1751.
Le Provincial à Paris, Comédie.
Les Fausses Inconstances, Comédie.
La Feinte supposée, Comédie.
Caliste, ou la Belle Pénitente, Tragédie.
Mérope, Tragédie nouvelle de M. Clément.
Le Marchand de Londres, Tragédie Bourgeoise, seconde édition, revûe & augmentée en 1751.
La Petite Sémiramis, en cinq Actes.
Le Plaisir, Comédie, avec un Divertissement. La Musique se vend séparément.
Vanda, Reine de Pologne, Tragédie.
Les Souhaits, Comédie.
Momus Philosophe, Comédie.
Electre d'Euripide, Tragédie.
La Partie de Campagne, Comédie.
Cénie, Piéce en cinq Actes.

| | |
|---|---|
| La Colonie, Comédie.<br>Les Veuves, Comédie.<br>Le Philosophe duppe de l'Amour, Comédie. | de M. DE SAINT FOIX. |

Le Valet Maître, Comédie.
La Gageure, Comédie en trois Actes, & en Vers libres.
Varon, Tragédie.

*Il se vend aussi chez le même Libraire plusieurs Divertissemens, des Piéces de Théâtre & autres, sçavoir :*

Recueil des Menuets, Contre-Danses & Vaudevilles chantés aux Comédies Françoise & Italienne, dix parties.

Recueil d'Airs & Menuets, Contre-Danses, Parodies chantés sur les Théatres de l'Académie Royale de Musique, & de l'Opéra Comique, huit parties.

L'Amusement des Dames, ou Recueil de Menuets, Contre-Danses, Vaudevilles de table, Airs à boire, Duo avec accompagnement, dix parties finies.

La Toilette de Vénus dressée par l'Amour, contenant des Menuets, Contre-Danses, Vaudevilles, Airs nouveaux & choisis, dix parties finies.

Le Passe-tems agréable & divertissant : ce Recueil est rempli de Vaudevilles, Rondes de table, Duo, Brunettes & autres, dix parties finies.

Le Dessert des petits soupers de Madame de * * * à Monsieur * * *, quatre parties.

Amusemens champêtres, ou les Avantures de Cythère, Chansons nouvelles à danser, 1 partie.

La Nôce de Village, Ballet, Pantomine, utile pour tous ceux qui jouent la Comédie.

La Paix, Cantatille nouvelle à voix seule avec accompagnement, une partie.

Toutes ces Pièces se vendent en cinq volumes reliés ou séparément, & sont très-utiles à toutes les Sociétés qui veulent jouer la Comédie.

*On trouve chez le même Libraire un Assortiment général de tous les Théâtres & Pièces détachées, tant anciennes, que nouvelles, & toutes sortes de Livres d'Assortiment, tant de Paris que des Pays Etrangers, & les Opéras Comiques de M. Favart & autres.*

www.ingramcontent.com/pod-product-compliance
Ingram Content Group UK Ltd.
Pitfield, Milton Keynes, MK11 3LW, UK
UKHW012101240726
13965UKWH00004B/1448